새 천년 이태백의
현대시

새 천년 이태백의
현대시

펴낸날 2022년 2월 7일

지은이 강형석
펴낸이 주계수 | **편집책임** 이슬기 | **꾸민이** 이화선

펴낸곳 밥북 | **출판등록** 제 2014-000085 호
주소 서울시 마포구 양화로 59 화승리버스텔 303호
전화 02-6925-0370 | **팩스** 02-6925-0380
홈페이지 www.bobbook.co.kr | **이메일** bobbook@hanmail.net

© 강형석, 2022.
ISBN 979-11-5858-850-2 (03810)

새 천년 이태백의
현대시

강형석 시집

들어가며

21세기는 새 천년, 새 시대입니다.
이태백은 이 글의 주인공입니다.
대학생인 그에게 새 천년, 새 시대는 풀어야 할 문제이고
진리, 사랑, 평화는 사명使命입니다.
현대시는 문화文化와 문명文明을 상징합니다.

21세기, 새 천년은 문화의 시대라고 합니다.

시집『새 천년 이태백의 현대시』에서 주인공은
시詩를 통해
문화에 대한 문제의 해답을 찾아가고 있습니다.
그는 진리, 사랑, 평화가
문화의 거대한 뿌리라는 진실을 깨닫기 시작합니다.

그러므로 이 시들은 문화의 시대가
진리, 사랑, 평화로 충만하리라 고백하는

새 천년, 오늘
어느 대학생의 고백서라 하겠습니다.

이 시들은
현대시와 시경詩經의 시 정신精神,

세종 대왕의 한글 창제 정신과
베토벤의 교향곡 9번 창작 정신,
성학聖學의 정명正名 정신을 본받아
한글을 사용하여
현대의 자유시自由詩로 지은 글입니다.

정명正名은
유교 경전인 논어論語에 나옵니다.
이름과 실제가 서로 같아야 하고
거기에 바른 실천을 더해야
성공할 수 있다는 뜻이라고 합니다.

제가 보기에 정명은
유교를 지나서 동서고금,
공公과 사私, 모든 분야에 적용할 수 있는
성공의 대전제이자 제1 공식이라는 생각이 듭니다.
세종 대왕이 한글을 창제하신 이유 가운데 하나입니다.

문명사文明史의 주인이 되는 일은
언어를 배우고 문자를 익히는 것을 그 시작으로 합니다.
언어와 사물이 바르게 맞지 않으면
언어와 사물 사이에 차이가 생겨

서로 제자리를 얻지 못하므로
평화平和가 깨지고 문명文明은 빛을 잃게 됩니다.

이것이 바로
실패失敗와 멸망滅亡의 원인이 됩니다.

문명사文明史에 동참하여
성공成功하기 위해서는
모든 사물이 바른 이름을 얻는 것,
곧 정명正名이 처음이고 가장 중요합니다.

시집『새 천년 이태백의 현대시』는
정치, 경제, 과학, 교육, 예술 등 모든 분야가
진리眞理의 발현임을 말하고 있습니다.

문화文化와 문명文明 또한 진리의 발현입니다.
새 천년 이태백의 문화와 문명은
진리, 사랑, 평화입니다.

그래서 그가 바라보는 문화의 시대란
곧 진리, 사랑, 평화의 시대입니다.
정치, 경제, 과학, 교육, 예술 등 모든 분야가

평화를 위해 함께 가는 그런 시대입니다.

오늘날
문화의 이상, 곧 평화의 이상을 잘 나타낸
글 가운데 하나가 유네스코 헌장인 듯합니다.

문화의 시대
평범한 대학생 이태백은
평화로운 세상을 꿈꾸고 노래합니다.

자, 여러분은 어떠신가요?

저는 평범한 이 리더에게
소중한 한 표를 던지겠습니다.

현시대를 살아가는
새 시대의 리더들 그리고 남녀노소 누구나
시 쓰고, 춤추고, 노래하고, 사랑합시다.

감사합니다.

차례

새 천년 이태백의
현대시

거목송 巨木頌

- 꿈꾸는 작은 나무의 노래

나의 정원庭園엔 나무 한 그루가 있습니다
아이 시절
할아버지와 함께 심은 나무입니다

다른 나무들은 다들 잘 자라
꽃도 자랑하고 열매도 탐스러워
아이들이 찾아와 놀기도 하고
그늘에서 쉬어가기도 하는데

나의 정원에 작은 나무는
꽃도 피울 줄 모르고
열매도 자랑하지 못합니다
그래서 새들도 지저귀지 않습니다

하지만 나는
그 나무를 사랑합니다

남들은
꽃을 사랑하고
열매를 사랑하고
그늘을 사랑하지만
나는 내 정원에 작은 나무를 사랑합니다
작은 나무의 꿈을 사랑합니다
그래서 나는 나무에게
물을 줍니다

내 나무는 다 자란 나무가 아닙니다
크기 위한 나무입니다

크기 위한 나무는 유년幼年의 나무입니다
그래서 크기 위한 나무에겐
꿈이 있습니다

살아 있는 나무는
죽은 나무가 아닙니다
그래서 나무는 꿈을 꿉니다

내 정원에서 자라는 이 작은 나무는
아무도 모르게 꿈을 꿉니다

그래서 나는
이 작은 나무가 언젠가

아름드리 큰 나무로 자라나

더 많은 꽃들로
세상에 아름다움을 더하고
더 좋은 열매로
세상에 많은 생명을 배부르게 하고
더 넓은 그늘로
세상에 지친 마음들에게 안식을 주리라는
희망을 가지고 있습니다

그 날이 오면

온갖 새들도 날아와
즐거이 지저귈 것입니다

주인공主人公
　　　　　　　– 너, 나, 우리를 위한 찬가

마을 동산 가운데 늙은 나무 한 그루가 서 있다

(하나)
○
늙은 나무

우르릉 쾅
후드득 후드득 비 내리는 밤
주인공 현금을 연주한다

주인공은 부른다
시작도 끝도 없는 서사시
무언無言의 대합창

진리의 노래

(둘)
○
신화神話

○

천天 지地 인人이 열리고
다 함께 행복한 이화세계理化世界

아름다운 부인夫人과 아장아장 아이가
어디를 가시는고?

생황笙簧 소리 눈부시네
봉황鳳凰 가락 무지개라

아이야, 무엇 할래?
어찌, ㅇ 들고 섰노?

보아라 아이야, 아이야 보아라,
눈을 뜨고 보아라 아이야

ㅇ 쥔 손, 고사리손,
둥근 얼굴, 밝은 미소

해맑아라 그 미소
사랑 사랑 내 사랑

"아이야, ㅇ은 무엇이냐?"

진리 사랑 평화
대동大同의 축제 한마당

(셋)

○

사랑의 노래

아침이 밝아온다

우리 마을 동산 가운데 한 그루
늙은 나무가 서 있다

○

새 천년 이태백
찬란한 아침 태양 눈부시다

지난밤 고민하던 이력서가 놓여 있고
새들은 지저귄다

늙은 나무 아래
젊은 이태백이 서 있다

새 천년 오늘

○
새 천년 이태백이 부른다

주인공이 부르고
아이와 어머니가 부르던 노래

사랑의 노래

무언無言의 대합창

아이야!
시詩 쓰고 노래하고 춤을 추는

너는 누구인가?

그대가 바로
온 우주의 주인공!

얘기하라!

노래하라!

춤추라!

사랑하라!

청춘 예찬

– 꿈꾸는 젊은이를 위한 찬가

면접시험
기나긴 취업 시험의 종착지
'이 생활의 종착역은 어디일까?' 하며
지친 마음을 달래보는
한 사람

"진리 평화 사랑으로
새로운 천天 지地 인人을 열리라"

그가 부르던 노래
다물어버린 굳은 입술
이제 아무도 그 노래를 부르지 않는다

시험장 복도 끝에서 먼 곳을 갈망하듯
그가 서 있다

그는 본다
시험장에서부터 부르던 그의 노래와
시험장을 가득 매우는 답답한 응시생들의 마음
꿈꾸지 않는 사람들의 차디찬 시선

순간 밀려드는
권태로움

번호표를 접고 맨 끝자리에 맡겨지는 그의 몸
그가 새 천년 이태백과 나란히 앉는다

꿈꾸지 않는 현실의 무게에 눌려 앉은 이상가^{理想家}와
현실에 떠밀려 번호표를 받은 새 천년 이태백

그가 먼 곳을 응시하고
이태백도 먼 곳을 바라본다

순서를 기다리는 복도 안에선
무언^{無言}의 감상이 창을 때리고

부지런한 시곗바늘만
시간을 말해준다

이태백이 예상 문제를 복습할 때
그가 무겁게 일어선다

말없이
그는 서 있다

그는 본다
꿈처럼 아름다운 그의 이상^{理想}과

어찌 보면
꿈꾸지 않는 우리 시대의 차가운 현실을…

무거운 걸음으로 떠난 그 사람
새 천년 이태백의 귀에는 아직도

그의 노래가 들린다

"진리 평화 사랑으로
새로운 천天 지地 인人을 열리라"

광화문

세종문화회관에서
광화문光化門을 바라본다

새 천년, 새 시대의 문門이 열린다

20세기 말 사람들의 마음속엔
새 시대에 대한 기대와 불안이 함께하고 있다

새 천년은 문화의 시대라고 한다

문화文化란 무엇인가?
문화의 시대는 어떤 모습일까?

새 천년 이태백은
오늘 새로 산 이력서를 꺼내본다

나는 누구인가?

상념

새해맞이

세종문화회관
베토벤 교향곡 합창 공연

이태백은 가만히
지난해를 돌아본다

인정人情은 번잡한데
계절季節은 유유하다

성공成功은 무엇이고
아직 놓지 못하는

이 꿈은 무엇인가?

꿈

어느 날 취직을 하기 위해 면접을 보고 있을 때
어떤 면접관이 내게 종이와 볼펜을 주며
"여기에 써 보시오" 한다면

우선 나는 그 종이와 볼펜을 받아들고
그 자리에서 생각나는 좋은 글을
앞뒤로 꽉 찰 때까지 쓸 것이오

그가 그것을 본 후에
"이것이 도대체 무엇이오?"라고 묻는다면 나는
"진리와 평화와 사랑입니다" 할 것이오

그러나 그가 다시 내게
종이와 볼펜을 내밀고서
"또 써 보시오" 한다면

나는 그 종이와 볼펜을 받아들고
말없이 또 쓸 것이오

그리고 그 빈 종이를
면접관에게 줄 것이오

그가 잠시 훑어본 후 내게
"이것은 백지가 아니오?" 묻는다면 나는
"마음의 글입니다" 대답할 것이오

그런데 그가
또 다른 종이를 나에게 주며
"써 보시오" 한다면

나는 그 종이를 가만히
책상 위에 내려놓을 것이오

그러자 그가 나에게
"회장님, 지금 뭐 하시는 겁니까?" 한다면 나는
"시 쓰고 춤추고 노래하고 사랑하겠네" 할 것이오

내가 시 쓰고 춤추고 노래하고 사랑할 때
면접장은 파티장이 될지도 모를 일이오

본래부터 회장이던 나는
면접 본다는 생각을 까맣게 잊고

하나의 우주를 열어
진리와 사랑과 평화를 노래하고 춤출 것이오

설산雪山

설산雪山이다

어디에도 없고
어디에나 있는 산

문제를 풀고
정상에 오른다

○

이태백은 말이 없다

○
새 천년 이태백이 간다

세상으로

빈 노트

시 창작 수업 시간

시인詩人은 학생들에게
노트Note 하나를 선물한다

빈 노트는
시인의 선물

마음으로
시인은 노래한다

진리眞理의 작가作家여!
당신이 주인공主人公입니다

합창

세종문화회관에서
광화문光化門을 바라본다

시인詩人은
새해맞이 의식으로
베토벤 교향곡 9번을 선택했다

합창合唱

쉴러의 시詩에
베토벤이 곡曲을 붙여
나라, 인종, 언어를 초월해 세계가 즐기는

환희의 찬가

평화의 노래

기다림

연주회 시작을 기다린다

나는 세종문화회관을 거닐며
세종世宗의 문화文化를 생각한다

시 창작 수업 시간
시인詩人은 말했다

"문화文化도 진리眞理의 발현입니다"

"그러므로 문화는
사랑과 평화의 다른 이름입니다"

누구보다도 백성을 사랑한 대왕
무엇보다도 평화를 소원한 대왕
문덕치화文德治化를 사명使命으로 여긴 대왕

문화 대왕 세종

나는 그를 기다린다

새 시대

시계를 바라본다
시간이 흐른다

하늘을 바라본다
새로운 계절로 접어들고 있다

새 시대가 온다고
시인詩人은 말했다

"새 천년은 문화文化의 시대입니다"

나는 기다린다
새 시대의 세종, 새 천년의 문화

문화인

세종은 문화인文化人이다

한글은
그의 문덕치화文德治化를 대표한다

한글의 본래 이름은 훈민정음訓民正音이니
어리석은 백성을 위한 사랑의 표현이다

그러나 오늘날
대한민국大韓民國 헌법憲法은 말한다

"대한민국은 민주공화국民主共和國이다
대한민국의 주권主權은 국민國民에게 있고
모든 권력權力은 국민으로부터 나온다"

국민이 바로 주인공主人公이다

새 시대, 새 천년
나는 기다린다

국민의
국민을 위한
국민에 의한

세계 시민市民의
세계 시민을 위한
세계 시민에 의한

국민과 세계 시민을 주인主人으로 섬기고
그들로부터 사랑과 존경을 받는
진리와 사랑과 평화의 문화인文化人

새 시대의 세종

그를 기다린다

문자 발명

언어言語와 문자文字는
세계 인류사人類史의 두 기둥이다

문자文字의 발명發明은 특별하다

문자의 발명은
인류 문화文化와 문명文明의 새 시대를 열었다

철학, 종교, 정치, 경제, 과학, 예술 등
동서고금 인류의 위대한 업적들이 문자로 기록되어 있다

세종의 한글은
한국 문화의 정화精華요
세계 인류 문화의 소중한 유산이다

베토벤은
문자로 기록된 쉴러의 시詩에서 영감을 받아
교향곡 9번 합창을 작곡했다

그의 교향곡 9번은
알파벳과 음표로 오선지五線紙 위에 그려지고

오늘 나는 사람들과 객석에 앉아
그의 음악을 감상한다

도

음악音樂은
세계 공통의 언어言語이다

피아노 건반의 '도'는
나라, 인종, 남녀, 노소, 동서, 고금을 초월해서
동일同一한 소리를 낸다

'도'는 평등하다

어제 만난 외국인外國人은
통역을 두고도 대화에 걸림이 많았는데

오늘 협연하는 저 외국인은
피아노 연주로 관객과 마음의 대화를 나눈다

'도레미파솔라시도'

그것은

언어言語보다 빨리
나라, 인종, 남녀, 노소, 동서, 고금을 하나로 만드는
아주 신비한 언어다

궁극의 길

베토벤 교향곡 9번
합창이 흐르고 있다

음악은
예술인 동시에 과학이다

"도레미파솔라시도"는
음악인 동시에 과학과 수학에 의한 발명품이다

과학과 수학 없이
음악은 존재할 수 없다

시 창작 수업 시간
과학을 공부하는 어느 학생의 얘기가 떠오른다

"베토벤 교향곡 합창은
물리학 이론理論 만큼이나
내게 커다란 감동으로 다가옵니다"

"물리학 이론은 우주의 근본 원리를 보여주고
교향곡 합창은 과학자가 가야 할 길을 말해줍니다"

"과학자가 가야 할 궁극의 길 또한
진리와 사랑과 평화가 아닐까요?"

평화

오케스트라가
베토벤의 교향곡 9번을 연주한다

내 귀에는

오케스트라의 연주와
합창단이 부르는 환희의 찬가가 들려온다

평화平和

베토벤이 꿈에도 부르던 그 이름

그는 민주공화民主共和를 소원했다
나는 민주공화국民主共和國 국민國民이다

숭고한 환희의 찬가를 들으며
나는 대한민국大韓民國 헌법을
시詩처럼 아름답게 마음으로 부른다

"대한민국은 민주공화국이다
대한민국의 주권은 국민에게 있고
모든 권력은 국민으로부터 나온다"

그는 평화 세계의 시민市民이길 소원했다
나도 그를 따라 세계평화를 기도한다

숭고한 환희의 찬가를 들으며
나는 유네스코 헌장을
시처럼 아름답게 마음에 새긴다

민주공화民主共和 만세!
세계평화世界平和 만세!

천명天命

음악이 궁극에는
신神 혹은 진리眞理와의 합일合一에 이르는 듯하다

베토벤의 교향곡 9번 합창은
세계평화와 더불어 신神과의 화합和合을 노래한다

베토벤의 합창은
세계의 평화, 우주의 평화, 마음의 평화를 향한 찬가다

그에게 사랑과 평화는
환희의 마음으로 세계 시민이 가야 할 신神의 명령이다

세종문화회관은
사랑과 평화가 넘쳐흐른다

세종은 문화文化의 왕이다

그에게 문덕치화文德治化는
경건한 마음으로 왕이 가야 할 하늘의 명령이다

세종에게 문화는
곧 사랑과 평화의 다른 이름이다

세종의 문화는 진리眞理를 바탕으로 한다

세종문화회관 정문正門에서
광화문光化門을 바라본다

진리는 나의 빛!

길

"진리眞理는 나의 빛"

대학 정문正門에 새겨진 글이다

우주 삼라만상森羅萬象의 근본根本이므로
진리는 내게도 빛이요, 길이요, 사명使命이다

진리와 나는 둘이 아니다

이력서

나는
대학 정문을 지나 교정을 걷는다

무대 위에서
학생들이 공연을 한다

아름다운 연주와 노래
하늘보다 푸르고 태양보다 빛나는 젊음

잠시 계단에 앉아
그 정겨움을 듣는다

눈부시게 아름다운 그들의 연주와 노래
찬란한 청춘을 마음으로 느끼며

나는 춤춘다

마음을 집중하고
하늘과 땅과 사람을 연결하여 춤추는
지금 바로 이 순간 우주와 나는 하나가 된다

춤과 노래

즐겁고 활기찬 이 공부는
현재의 평범한 사람을 새 시대의 창조적 문화인으로
재탄생시키는 신비한 비결이다

춤과 노래에도
무극, 태극, 음양, 오행, 팔괘가 다 들어있어

근원을 찾아가면
과학과 정신의 근본인 진리와 만나게 된다

문화文化란 무엇인가?
문화의 시대는 어떤 모습일까?

문화의 진면목을 알고 싶다면
이 궁극적 질문의 답을 구해야 한다

이태백은 곰곰이 생각한다
결국 진리와 평화 그리고 사랑이 아닐까?

새 천년 이태백은 이력서에 자기를
춤추고 노래하고 사랑하는 사람이라 쓴다

대학

동양이나 서양이나 대학大學에서는
진리 탐구와 세계 평화를 교육 목표로 하는 것은 다 같다

동양 고대古代 대학의 팔조목八條目은
격물格物, 치지致知, 성의誠意, 정심正心,
수신修身, 제가齊家, 치국治國, 평천하平天下이다

플라톤은 많은 대화편對話篇에서
진리와 이상국가理想國家에 대해 말하고 있다

외국의 명문 대학 도서관 정문에서
"진리는 나의 빛"이라는 문장을 보았다

내가 다니는 대학의 교훈도
진리 탐구와 평화 세계 구현을 교육의 목표로 한다

대동大同

성학聖學에
대동大同이라는 말이 있다

큰 도道가 행해지면
천하가 공정하고 살기 좋은 세상이 되는데
이것을 대동이라고 한다

지금도 사람들은
평화 시절을 일컬어 대동 시대라 부르고
그러한 세계를 대동 세상이라 부른다

이태백은 대동제大同祭 공연을 관람한다

서로 다른 사람들이
같은 시간 같은 장소에서 한마음으로

인종, 국경, 종교, 이념, 남녀, 노소를 초월해
다 같이 행복을 나누는 작지만 뜻깊은

대동의 축제 한마당이다

출연진과 관객들이 마음을 모아
크고 밝은 원을 만들고 춤춘다

평화平和

성학聖學에서
대학大學의 여덟 조목條目은
격물格物, 치지致知, 성의誠意, 정심正心,
수신修身, 제가齊家, 치국治國, 평천하平天下이다

그리스 철학자 플라톤은
그의 저서『국가』에서 철인哲人과 평화정치에 대해 논했다

이는 모두
평화정치平和政治와 이화세계理化世界를 의미하고
다 함께 행복하게 살기를 바란다는 뜻이다

그렇지만

아무리
태평천지太平天地에 태어난 사람이라 해도
사람은 태어나면 언젠가는 반드시 죽는다

왜 나고 죽는가?
이 생멸生滅이라는 문제를 풀어줄 사람은 누구인가?

결국은
자기 스스로 그 해답을 찾아야 한다

역사歷史에는
여러 나라들의 흥망성쇠興亡盛衰가 기록되어 있다

인간의 역사는
생로병사生老病死와 흥망성쇠 그리고
너와 나 혹은 이 나라와 저 나라 사이의
전쟁이나 평화에 대한 기록들이라 해도 과언이 아니다

그래서

동서고금을 막론莫論하고 사람들은
삶과 죽음, 너와 나, 옳고 그름 같은 대립을 벗어난
절대絶對와 영원에 대한 물음을 가지는 것 같다

바로
철학과 종교이다

청춘 만세

꿈이 없는 청년靑年처럼 느껴질 때
이태백은 취업 관련 서적을 잠시 놓아두고
현대시 한 편을 지어본다

꿈이 없는 젊은이를
청년이라 부를 수 있을까?

꿈이 없는 젊은 날을
청춘靑春이라 부를 수 있을까?

하지만

취직 시험을 준비하는 그에겐
꿈을 노래할 시간이 없다

꿈은 이상理想이다
취업은 현실現實이다

이상 없이 현실은 진화進化하지 못하고
현실 없이 이상은 성공成功하지 못한다

그러나

새 천년 이태백은 꿈꾸는 청년이다

그는
온갖 꿈들을 문자로 바꾸어
현대시의 형식으로 그려 넣는다

하늘과 땅과 생명이
말과 글로 꿈처럼 하나 되는

청춘이다

아름다움

시詩의 아름다운 이유가 반드시
그 형식이나 언어의 미美에만 있지는 않다

고뇌 어린 말뿐인 시라 할지라도
그런 젊은이와 그런 시인들의 숨 막히는 고뇌가

미래에

자아를 실현하고 평화 세상을 맞이할 수 있는
깨달음, 부르짖음, 예언, 완성이라면

그런 시의 아름다움은

다만 곱게 부르는 시와는 비길 수 없을 뿐만 아니라
이 세상 무엇과도 비길 수가 없는 것이다

인간 탄생의 시작에서부터 지금까지
인류人類의 근본 주제는 결국

진리의 완성과 평화 세계의 구현이다

젊은 시인의 괴로운 신음과 비명은
이상을 향한 처절한 몸짓이며 이상 실현의 씨앗이다

진리를 구하는 시인의 수많은 질문들은
삶과 죽음이라는 문제를 풀기 위한 여행의 시작이다

평화로운 세상을 갈망하는 시인의 예언은
완전한 평화의 세상을 예고하는 찬란한 여명이다

친구

아무것도 이룬 것이 없다고 느낄 때
이태백은 취업 관련 서적을 잠시 놓아두고
자기가 지은 시들을 묶어 한 권의 책을 만든다

그의 시집詩集

비록
출판사에서 내는 책이 아니라
학생이 지은 시들을 모은 습작 노트지만

그에게는

작은 성공成功이다

그의 성실誠實과 열정熱情이다

세상에 보내는 작은 목소리다

인생에서
취업은 성공인 동시에 시작이다

성공의 여부를 알기 힘든
진정한 완성을 향한 어려운 길 위에서

그의 시집은

목표와 믿음
성실과 열정
세상에 대한 의무를 일깨우는

소중한 친구가 될 것이다

문명인

언어와 문자를 모르면
문명인文明人이 될 수가 없다

고금古今의 문명대국들은
발전된 문자를 가진 경우가 많다

그리고 필연적으로
언어를 가지고 있는 것 같다

언어가 없으면
사물事物을 끄집어내어 쓸 수가 없다

너와 나라는 분별도 없고
아직 언어도 배우지 못한 아기를 보면 알 수 있다

그러나
너와 나라는 분별이 생기고

사물에 이름을 붙이며 그 속성을 알아가면서부터
점점 의미 있게 물건을 가지고 논다

사물의 속성을 알고
이름을 붙인다는 행위는 무엇인가?

언어를 배우는 일이다

아기는 점점 자라면서
언어와 문자를 통해 문명을 배우고

일어서서 걷는 힘을 길러야
문명 세계의 주인으로 설 수가 있는 것이다

결국
언어와 문자를 배우지 않을 수 없다는 뜻이다

정명

문명사文明史의 주인이 되는 일은
언어를 배우고 문자를 익히는 것에서 시작된다

언어와 사물이 바르게 맞지 않으면
언어와 사물 사이에 차이가 생겨

서로 제자리를 얻지 못하므로
평화平和가 깨지고 문명文明은 빛을 잃게 된다

이것이 바로
실패失敗와 멸망滅亡의 원인이다

문명사文明史에 동참하여
성공成功하기 위해서는

모든 사물이 바른 이름을 얻는 것,
곧 정명正名이 처음이고 가장 중요한 듯하다

동서고금의 전 인류가 갈망渴望하는
커다란 성공 또한

언어가 사물과 일치하고
순서가 바른 것에서 시작된다고 할 수 있다

커다란 성공이란 무엇인가?

씨 뿌리고 곡식을 거두는 일이 때에 알맞고
정치政治가 인간을 포함한 만물을 위하여 펼쳐지고

음악音樂이 조화로워 음률音律에 맞고
모든 사물事物이 제자리를 찾는

이른바
평화의 구현이요 문명의 올바른 실현이다

문명 예찬

인간사人間事에서 언어와 문자는 크다

그러므로 그로부터 나온 시詩도 함께 귀하다

그 생각의 차이이며 말의 차이이니

저렇게 생각하면

나 외에는 모두가 남이며
나의 일 아닌 것은 모두 남의 일이다

이를 다툼의 시작이라 한다

반면 이렇게 생각하면

모두가 나의 이웃이요
남의 일도 나의 일 아닌 것이 없으니

위는 아래를 사랑하고
아래는 위를 사랑하고

왼편은 오른편을 사랑하고
오른편은 왼편을 사랑하고

앞은 뒤를 사랑하고
뒤는 앞을 사랑하여

서로가 떨어져 나가지 않고
공동의 유익을 구하는 것이 곧 나눔이니

이를 평화의 시작이라 한다

그래서 사람들은
평화를 상서롭게 여기고 전쟁을 불길하게 여긴다

세상의 모든 큰일은 반드시 작은 데서 시작되고
인생 또한 아기에서 비롯된다

그렇기 때문에

평화와 전쟁의 커다란 차이도
나와 너라는 분별에서부터 시작되는 것이다

그러므로
그 시작인 언어를 바로잡는다고 한다

세상을 바로잡는 일은
언어를 바로잡는 것에서 시작된다

근원적인 시詩인 언어가 귀하다는 뜻이요
그런 까닭에

시詩에서부터 공부할 수 있다는
옛날 사람들의 주장이 틀린 말이 아니라고 생각한다

이로써 나는

"언어가 너무나 중요하므로
그로부터 나온 시詩 또한 우리에게 아주 소중하다

그리고 시詩가
우리의 삶과 별개別個의 것이 아니다"라는 대답으로

시에 대한 짧은 생각을 마치고자 한다

삶과 죽음, 너와 나,
선과 악의 분별이 있는 그런 세상에선

시詩는 참으로 크다

언어와 문자는 크고도 크다

단,

말과 글이 끊어진 곳
그런 경지境地는 예외로 한다

우리의 미래

나라의 미래는 교육에 달려 있다고 한다

학생들이 바로 우리의 미래다

이들의 정신이 바르고 육체가 건강해야
사회는 아름답고 행복한 내일을 기대할 수 있다

시를 교육의 한 방편으로 여기는 이유는
시가 사람의 정신에 영향을 주기 때문이다

여기에서
시인으로서의 사명使命이라는 말이 나온다

휴짓조각

새 천년 이태백과 친구들은
초등학교, 중학교, 고등학교를 졸업할 때까지
교과서를 통해 시를 배웠다

이태백과 친구들은
교과서에 수록된 시를 읽었다

이태백과 친구들은
남이 적어 놓은 시를 분석적으로 외우다시피 읽었다

이 시어詩語는 무엇을 상징하는 것이고
이 시의 주제는 무엇이고
시인은 어느 유파에 속했고 어떤 경향의 시를 지었는가?
시인의 경력을 나누어 연도별로 외우고 또 외웠다

이러한 분석적인 독서가
입학시험에 점수로 반영되기 때문이었다

대학을 가기 위해선 필사적으로 외웠다
그리고 대학에 진학해서 친구들은

전공을 하거나 취미가 있지 않다면
다 쓴 휴짓조각 버리듯

책을 던져버렸다

미래의 주인공

새 천년 이태백은
취업에 필요한 고전古典을 읽는다

그런데 그는
왠지 모르게 답답하다

우리가 고전古典을 읽는 이유는

다른 이의 탁월한 인생을 보고 듣고 배워서
미래의 내 인생
나아가서는 타인의 인생에까지 적용하여
보다 나은 삶을 살기 위해서다

남의 과거를 읽는 이유는 나의 미래를 위해서다
결국 나머지는 내가 주인공이고
내가 시인으로서 그려나가는 것이다

그런데 새 천년 이태백은

남의 글, 남의 인생, 남의 것만
밤을 새워 읽고 외우다 끝난다

그들은 전 세대의 주인공이요
나는 다가올 미래의 주인공이다

그러나 그는

자기 인생, 자기의 꿈에 대해선
다만 몇 글자 심하게는 단 한 글자도 쓰지 못하고
어두운 독서실 구석 자리에 앉아
남의 인생, 남의 글만 외우고 또 외운다

누가 주인공인가?

나는 누구인가?

내 마음의 거울

나의 말과 글은 나로부터 나온다

그러므로
나의 말과 나의 글은
내 주위 사물을 반영하고 내 마음을 담고 있는

거울이다

남의 글만 외운다고
내가 완성되지는 않는다

그런 고전을 바탕으로
사색하고 실천해보아야 한다

새 천년 이태백이
아주 특별한 거울을 바라본다

나의 말과 글

온 세상 단 하나
내 마음의 거울

사랑의 시

사랑하는 님에게 이태백은 시를 쓰고 편지를 쓴다
그의 마음이 담겨 있기 때문이다

그대의 눈을 사랑하고
그대의 코를 사랑하고
그대의 입을 사랑하고
그대의 마음을 사랑하고
그대의 생명을 사랑하고
그대의 모든 것을 사랑하고

그대의 기쁨은 곧 나의 기쁨
그대의 슬픔은 곧 나의 슬픔
그대의 인생은 곧 나의 인생

그대는 사랑의 시인詩人이며
그대와 나는 하나요

그대를 사랑하기에 나는 행복하여라

글은 그저 글이 아니라 그의 마음이요
말은 그저 말이 아니라 사랑을 앓는 한 사람의 노래다

사랑

새 천년 이태백은
생각한다

타인을 사랑하면서
그에 대해 알지 못한다면
그것은 사랑이 아니다

나에 대한 사랑도 그럴 것이다

이력서는
내 과거의 일부만을 말한다

자기소개서는
내 청춘만 담기에도 용량이 부족하다

나는 누구인가?

이력서, 자기소개서에 다하지 못한
과거, 현재, 미래, 수많은 질문과 꿈들

수없이 묻고 답하다 그는
빈 문서에 글로 적어본다

이러한 때에 말과 글은
단순한 말과 글이 아니다

내 인생을 향한 사랑 고백이다

여행

새 천년 이태백이
취업 관련 서적을 읽는다

남의 생각, 남의 글, 남의 말만을
입속에서 웅얼거리고 머리에 꾸역꾸역 집어넣는다
생각도 없이 넣고 또 넣는다

그러다 문득
그는 생각한다

여기 앉은 나는 분명 나인데
내가 없는 빈껍데기 같다

나는 누구인가?
나는 어디에 있는가?

새 천년 이태백은 빈 문서에
그의 생각, 즐거움, 이상, 사랑 등에 대해 쓴다

이러한 때에 글쓰기는
나를 찾아가는 여행이다

미완의 작품

취업을 위해선
어쩔 수 없이 읽고 쓰고 외운다

할아버지의 인생은 그의 것이고
아버지의 인생은 그의 것이고
내 인생은 나의 것이다

내가 생각하고 내가 말하고 내가 사는 것이다

남의 말만 흉내 내고 남의 글만 외우고
남의 이상理想만을 내뱉는다면

나는 아류이고 하수인이고 종일뿐이다

내 인생은
내가 완성해야 할 미완未完의 작품이다

서재書齋

취업 관련 서적을 찾으려
서재에 들어간 이태백

한쪽 구석에 놓인
오래된 책 하나를 발견한다

할아버지의 시집詩集

오래된 시詩를 읽는 순간
할아버지와 이태백은 하나가 된다

취업 관련 서적을 잠시 놓고
하나의 우주를 연다

할아버지와 같은 마음으로
새 천년 이태백이 노래하고 춤춘다

할아버지와 이태백을
이어주는 불멸의 주제

○

진리, 사랑, 평화

바다

어디에도 없고
어디에나 있는 바다

이 문제의 답은 무엇인가?

○

이태백은 말이 없다

○
새 천년 이태백이 간다

세상으로

성공

문득 하루가 무의미하다고 느낄 때

이태백은 취업 관련 서적을 잠시 놓아두고
현대시 한 편을 지어본다

그의 이상理想은
아직 이론理論이 되지 못하고

그의 현실現實은
여전히 제자리걸음만 되풀이하고

무엇 하나 이루지 못한
자기 자신을 바라볼 때마다

이태백은 문득문득
하루가 무의미하다는 느낌이 든다

무기력해진다

그는
자기의 하루를 문자로 바꾸어

현대시의 형식으로 그려 넣는다

무의미한 시간과 공간이 언어와 문자로
하나하나 의미를 찾아가는 작은 성공成功

새 천년 이태백의 하루는

작품이 된다

해답

시를 단순히
아름다운 노래로만 여기지 않고

자기의 완성, 나아가서는
평화 세계를 완성하는 방법으로 여기는

시인들이 옛날부터 지금까지
참 많은 것 같다

오늘도

새 천년 이태백은
마음으로 시를 쓴다

그는 시를 통해
어떠한 해답을 찾으려 하는 듯하다

그 답은 과연 무엇인가?

소원과 성찰

시詩를 통해
어떠한 해답을 찾으려는 시인詩人

이러한 시인의 시들은

맑은 목소리로 부르는
듣기 좋은 노래라기보다

나를 돌아보고 세상에 대해 사색하는
어느 사람의 진리를 향한 삶의 궤적이다

그러므로 이런 시인들의 시는

청중 앞에서 읊어지는 낭송을 위한 시라기보다
자기의 성찰이나 세계의 평화를 위한 소원이다

자유시

문득 자유自由가 그리워질 때
이태백은 취업 관련 서적을 잠시 놓아두고
자유시自由詩 한 편을 지어본다

여기에 이렇게
나를 묶어두는 것은 무엇인가?

선택이 아닌 강요에 의해서
가야만 하는 길

알 수 없는 미래

불안하다

답답하다

참는다 참는다 참는다 다시 참는다

그러나

인내忍耐가 다 할 때
몸과 마음은 한없이 자유를 그린다

자유와 의무가 충돌하는 그 순간

이태백은 자유시를 쓴다

이 세상에 단 하나
나로부터 흘러넘치는 언어와 문자들

자유를 누린다

자유시의 형식과 독자에 대한 예의는
자유를 지나 방종으로 가는 내게

의무를 일깨운다

새 천년 이태백의 자유시

자유와 의무의 절묘한 조화

시와 세계

어느 위대한
시인의 시를 읽는다

시를 통해 세계를 바라보는
전혀 새로운 눈을 뜨기도 한다

이러한 시들은

예쁘고 고운 소리로
노래하기 위해 지어진 시라기보다는

인생과 시대에 대한 고찰考察
사회에 대한 고뇌 어린 탐구探究
이런 유類의 정신적인 흔적이라고 볼 수 있다

새 천년 이태백은
시인의 시를 마음에 새기고

새로운 눈으로
인생과 시대와 사회를 바라본다

언어의 자손

옛날 시詩 하나가
새 천년 이태백을 감동시킨다

그들도 인류요 우리도 인류이기 때문이다

그러므로 당연히

그들도
남과 여가 사랑을 속삭이고

우리도 다르지 않아
소년과 소녀가 사랑을 노래한다

그러나

아직 불완전해 보이지만
만민의 평등과 자유, 국민 주권을 주장하는

민주주의民主主義 국가들이
세계를 움직이는 주역이 된 오늘

과학이 눈부시게 발전하여
우주 왕복선, 수소 폭탄, 컴퓨터와 같이

옛날엔 상상도 못 할 온갖 물건들이
계속해서 발명되고 출현하는 오늘

그 시의 내용 또한
옛날과는 엄청나게 다른 것이다

왜냐하면

시는
언어를 근원으로 하고

언어는
그 사물을 반영하지 않을 수 없기 때문이다

반드시
그 시대의 조류, 시대의 정신을 반영하게 된다

문자는 언어의 자손이다

시의 근원

시詩의 근원인 언어는 소중하다

언어와 행동은
인간 생활의 시작과 끝이라고 할 수 있다

시詩라는 것도 따지고 보면
언어 가운데서 탄생한
가장 아름다운 언어라 할 수 있고

모든 문학 작품 또한 마찬가지다

언어는 반드시
정명正名을 우선해야 한다

정명正名이란
사물事物에 적합한 이름을 붙이는 것이니
인간사人間事를 바로잡는 시작이다

문자의 정명正名 또한
그와 같다

이것이

공자孔子가 정명正名을 주장하고
세종 대왕이 훈민정음을 창제한 이유다

새 천년 이태백은
언어와 문자에 경의敬意를 표한다

새
천
년
이
태
백
의
현
대
시

문명의 주인

말과 글을 아직 배우지 않은 아기는

나와 너라는 분별도 없고
모든 사물事物을 보되 그저 담담할 뿐이다

갓 태어난 아기는
사물을 보고 접하지만

아직 사물을
이름 지어 규정할 수가 없기 때문에

사물은 그저 눈앞에 있는 것으로
사물 이외에 그 무엇도 아니다

사물은 그저 거기에 있는 것이지
규정지을 수가 없다

이때의 사물은
이름 지을 수 없는 그저 사물일 뿐이다

갓난아기에게 다이아몬드를 주어도
대부분의 아기는

다이아몬드를 그저 물건으로 볼 뿐
규정할 수가 없기 때문에

욕심부리지 않고 관심을 잃으면
돌아보지 않을 것이다

대체로

갓 태어난 아기는
선악善惡의 분별이 미세하므로

착한 일도 나쁜 일도 아직 할 수가 없다
이를 일컬어

선악의 분별이 아주 미세한
순수純粹라고 한다

그러나

삶과 죽음이 있고
너와 나의 분별과 다툼이 있는

이 세상에서

이러한 순수는
쥐는 힘과 서는 힘이 부족하므로

부모의 보호 없이는
바로 설 수가 없다

그러므로

갓 태어난 아기는 점점 자라면서
언어와 문자를 통해 문명을 배우고

쥐는 힘과 일어서서 걷는 힘을 길러야
문명 세계의 주인으로 바로 설 수가 있는 것이다

결국

언어와 문자를 배우지 않을 수 없다는 뜻이다

언어와 문자

삶과 죽음, 너와 나의 분별이 있는 세상에서
언어와 문자는 크다고 한다

언어와 문자가 없이는
문명 세계에서 바로 설 수가 없다

언어를 배운다는 것은
이름을 붙인다는 뜻으로

사물의 속성을 파악하고
사물에 이름을 붙이는 행위다

"나는 너를 사랑한다"고 말할 경우

사물事物에 이름을 붙여
그저 있던 사물을 나의 사물로 만든 것이다

그저 있던 사물을 분별하여

너가 아닌 나를 가리켜 이름하여 "나"라 부르고
내가 아닌 너를 가리켜 이름하여 "너"라 부른다

그러므로
그저 있던 물物이 분별되어

너가 되고 내가 되고
이름하여 "너"라 부르고 "나"라 부른다

그저 있던 사물에 이름을 붙인 것이다

"사랑한다"는

'사랑하다'라는
행위(行爲 곧 事)를 가리키는 이름이다

그저 행위에 불과하던
'사랑하다'가 이름이 붙여지면서

나의 일이 된 것이다

"는"은 주격主格, "를"은 목적격目的格
"ㄴ"은 현재시제를 가리키는 이름이다

그러므로

"나는 너를 사랑한다"고
생각하거나 말할 때

그저 있던 사물은 분별되어

나와 관계되는 행위(行爲 곧 事),
나와 관계되는 물건(物件 곧 物)이 된다

언어가 있게 되면 분별이 있게 되고
모든 사물事物에 반드시 차별이 생기게 된다

그저 있던 사물이 다가와
나의 일이 되고 남의 일이 된다

그러므로
분별이 생기면 반드시 차별이 생기는 까닭에

이름과 내용이 다를 때
다툼이 생기게 되고

이러한 대립과 갈등이
극에 달하면 결국 멸망으로 이어진다

문자도 그와 같다

노래

새 천년 이태백이 그가 지은 시詩를
음계와 리듬 위에 얹어 놓는다

세종대왕과 베토벤이
하던 방식 그대로

악보 위에 정성을 다해
하나하나 아름답게 그려 넣는다

새 천년 이태백이
노래 부른다

신인이화 神人以和

세종문화회관에
베토벤 교향곡 합창이 울려 퍼진다

새 천년 이태백은
옛날 책에 나오는 글을 마음에 새긴다

시는
뜻을 읊은 것이요(詩 言志)

노래는
말을 길게 늘인 것이며(歌 永言)

소리는
가락을 따라야 하고 (聲 依永)

음률은
소리가 조화되어야 한다(律 和聲)

팔음八音을 조화시켜
서로 질서를 잃지 않게 하면(八音克諧 無相奪倫)

신神과 사람이
화해和諧하게 될 것이다(神人以和)

남이 그린 인생

어느 학생이
기계처럼 시詩를 외우고 있다

대학에 가기 위해 학생들은

남이 그린 인생의 궤적들을
분석해가며 외우고 또 외운다

시를

감동 받기 위해 읽는 것인가?

인생을 깊이 성찰하기 위해 읽는가?

점수를 얻기 위해 읽는가?

새 천년 이태백은
하늘을 바라본다

하늘이 참 푸르다

창작 수업

어느 학생이
창작創作을 하고 있다

새 천년 이태백은
그 아름다운 모습을 바라본다

창작은

나를 돌아보고
사회에 대해, 역사에 대해, 자연에 대해,
꿈에 대해, 진리에 대해 생각해 볼 수 있는
더없이 귀중한 경험이다

문학의 재료인 말과 글 자체가
모든 사물을 나타내고 상상하고 창조할 수 있는
독특한 수단이기 때문이다

이것이 바로

세종대왕과 베토벤의
작가作家 정신이다

시인 만세

어느 학생이
시詩를 쓴다

새 천년 이태백은
그 아름다운 모습을 바라보다가

마음으로 생각한다

학생들이 스스로 글을 지으며
자기의 꿈을 보고 소원을 보고
자기의 불만, 고민을 읽을 수 있다면
학생들의 인격 형성에 많은 도움이 될 것이다

학생들은 스스로 글을 지으며
자기의 생각을 정리하고 남들과 마음을 모아
더 나은 미래를 설계할 능력을 키우고

학생들은 스스로 글을 지으며
본래부터 아름다운 자기의 마음을 일깨우고
나와 사회, 자연과 우주 등에 대해 성찰하고
아름다운 미래를 꿈꾸는 작가로
마음껏 사랑을 노래하는 시인으로 자라날 것이다

그 학생은
여전히 시를 쓰고 있다

아름다운 그 모습을 바라보며
이태백은 마음으로 부른다

작가 만세!
시인 만세!

마음의 대화

문득 외로움이 밀려올 때
이태백은 취업 관련 서적을 잠시 놓아두고
시詩 창작 동아리를 찾는다

취업 시험 준비를 하다 보면
세상과 내가 완전히 단절된 것 같다

외롭다

이태백이
동아리 문을 두드린다

친구들이
반가운 미소로 그를 맞이한다

모인 사람들이
스스로 지은 시를 벗들과 나눈다

낭송朗誦

서로 서로의 마음이
하나 되는 순간

하늘과 땅과 생명이 보낸 소식을
현대시로 지어 목소리에 담아 보내는

마음의 대화

문자와 리듬

사람은 일상에서 말과 글을 사용한다

대개 사람들은 말과 글을

의사소통의 수단으로 사용하기 때문에
의미 전달을 주로 하고

아름다움이라거나 음표, 리듬은
굳이 염두念頭에 두지 않는다

그런데 말을
음악의 규칙에 맞추어 발성하는 것이

바로 노래다

그리고 글을 행과 연의 규칙에 맞추어
리듬감 있게 표기한 것이

이른바 현대시다

말은 소리다

그러므로 말은 본래부터
독특한 억양과 리듬을 가지고 있다

노래는 말이 진화한 형식이고
글은 말을 그린 그림이다

글은 말을 표현한 것이므로
말의 리듬감이 반드시 묻어난다

현대시는
글이 진화한 형식 가운데 하나다

일상에서 쓰는 말과 글도 물론 위대하지만
조금 더 특별한 행복이나 해답을 구할 때

우리는
노래나 현대시를 찾는 경우가 있다

좋은 노래나 현대시는
사람의 마음에 깊이 와 닿기 때문이다

소박한 노래

문자로 된 모든 시詩 형식과
노래로 된 모든 시 형식의 아버지는

언어言語다

언어는 소박한 노래다

언어는 소리의 자녀子女이고
소리는 우주가 낳은 자녀다

문자가 있기 전부터 언어가 있었으므로

문자로 된 시 형식이 있기 전부터
노래로 된 시 형식이 있었고

노래로 된 시 형식이 있기 전부터 반드시
언어가 있는 것이다

그러므로 언어는

노래와 문자로 지어지는 모든 시 형식의 아버지

제일 먼저 있게 되는
바로 근원적인 시詩인 동시에 시 형식이다

시의 원류

세종문화회관에
환희의 찬가가 울려 퍼진다

새 천년 이태백은
노래를 들으며 생각한다

시詩는 원래
노래와 깊은 인연이 있다

서정시를 lyric poem이라고 한다

고대 그리스 사람들이 리라lyra에 맞추어
노래 부른 데서 유래된 말이라고 한다

시경詩經은

조정朝廷에서
제례나 향연을 할 때 연주하던 노래와

각 지방의 민간 가요 삼백여 편을
모아 놓은 책이라고 한다

시의 원류에는
노래가 있는 것 같다

영언永言

청구영언靑丘永言이라는 시조집이 있다

조선 영조 시절
김천택이 엮은 시조집이라고 한다

시조時調는
한국에 전래되는 시가詩歌의 한 형식이다

청구靑丘는
우리나라를 가리키는 말이고

영언永言이란 말이 바로
노래라는 뜻이다

노래의 원류에는
언어言語가 있는 것 같다

소리의 근원

문자文字가 생겨나기 전
시詩는 어떤 모습이었을까?

그것은 노래다

인류의 시에 대한 역사를 보면
노래 부른 사실을 알 수 있다

어째서 노래일까?

언어言語가 바로
소박한 선율(억양)과 소박한 리듬(강세)을 가진
소리이기 때문이다

시의 아버지는 노래다

언어의 어머니는 소리다

그렇다면
소리의 근원은 무엇인가?

덧붙이는 글

세기말 대학생 이태백은 세종문화회관에서 베토벤 교향곡 합창을 들으며 진리 평화 사랑으로 충만한 새 천년, 새 시대를 꿈꾸며 노래합니다.

제가 대학을 다니던 시절은 새 천년을 기다리던 20세기 말이었습니다. 당시 사람들의 마음속엔 새 시대에 대한 기대와 불안이 함께하고 있었습니다. 이 작품은 그것에 대해 질문하고 고민하며 답을 찾기 위해 지어진 글입니다.

2022년 지금, 우리는 과거와는 전혀 다른 새 시대의 문 앞에 서 있습니다. 과학의 눈부신 발전으로 기존의 종교, 철학, 정치, 사회, 문화, 예술 등 모든 분야가 새롭게 거듭나서 살 것인가 아니면 도태되어 사라질 것인가 하는 문명사적 기로에 서 있다고 합니다.

아울러 초과학 문명 시대에는 창조적인 직업들만 살아남는다고 하며 인간의 수명이 길어져 자아를 성찰하는 새로운 정신문명이 출현할 것이라고 하므로 이 작품이 현재를 살아가며 치열하게 미래를 고민하는 새 시대의 리더들에게 도움이 되길 바랍니다.

새 천년은 초정보, 초연결, 초융합, 초인류의 초과학 문명 시대입니다. 새로운 초정치, 초사회, 초문화, 초예술, 초인류가 출현하므로 새로운 초정신 문명이 반드시 나와야 합니다.

세기말 새 천년 이태백은 이러한 문명사적 기로에서 이것을 생각하고 있습니다.

초시대를 창조하는 리더들이 인류를 친구로 생각하며 만드는 세상과 인류를 노예로 생각하며 만드는 세상은 정반대이기 때문입니다. 그런 까닭에 초정신 문명이 반드시 먼저 출현하여 초과학과 융합해야 하는 것입니다.

그래서 초과학 문명이란 무엇인가? 초인류란 무엇인가?를 먼저 연구하고 정의定義해야 합니다. 이 정의에 따라 초과학 문명이 만들어지는 까닭입니다. 그것이 바로 정명(正名: 사물에 바른 이름 붙이기)입니다. 정명은 언어와 문자로 합니다.

한글은 과학과 정신을 융합하여 창조한 문자입니다. 그러므로 창조·융합적인 초과학 문명 시대에 가장 적합한 문자입니다. 그리고 시작부터 진리와 평화를 주장하여 만든 문자인 까닭에 초과학·초정신 문명을 선도할 수 있는 세계 문화유산입니다.

창조력이 최고의 힘이 되는 초과학 문명 시대에 진리와 평화를 바탕으로 문자와 음악을 만든 세종대왕과 베토벤의 창작 정신은 초시대 대학생의 전공 필수 과목이 될 것이므로 새 천년 이태백은 창작創作으로부터 문제를 풀어가기 시작합니다.

초과학 문명은 초연결의 시대입니다. 새 시대의 초인들은 전세계의 초인들과 초연결 되는데 선택에 따라 초능력이 될 수도 초감시가 될 수도 있다고 합니다. 그래서 과거의 초인들(성인, 신선, 부처 등)은 신통력에 앞서 윤리 과목을 꼭 만드셨습니다.

이제 초과학·초정신 문명은 피할 수 없는 시대적 사명입니다. 세기말의 평범한 초인 이태백은 피할 수 없는 이 거대한 문명사의 파도 앞에 온 우주의 주인공으로 진리, 평화, 사랑의 노래를 부릅니다. 미래 새 시대의 주인공인 초인들이여 깨어나소서!

새 천년 이태백을 주인공으로 거듭나게 한 비밀은 무엇일까요?

- 시집詩集입니다.

시詩는 생활에 바쁜 현대인들에게 효율적입니다. 몸과 마음이 바쁘거나 지칠 때 이 시집 한 권 또는 시 한 편 또는 한 문장 내지 한 단어라도 읽거나 마음에 새기는 순간 곧바로 온 우주의 주인공이 되어 지혜의 눈이 열리고 활력이 솟아오르게 됩니다.

- 시와 노래입니다.

시와 노래는 접근성이 좋습니다. 남녀노소 누구나 억지로가 아니라 좋아서 저절로 읽고 따라 부릅니다. 시와 노래는 연결성이 좋습니다. 시인과 독자, 가수와 팬을 자연스럽게 연결합니다. 시와 노래는 창조성이 좋습니다. 끊임없이 새로운 작품들이 세상에 나옵니다.

- 시와 노래는 즐거운 공부입니다.

초창조, 초연결, 초융합, 초과학, 초정신 문명 시대에 초적합한 최고의 공부 과목입니다. 즐거운 이 공부는 현재의 평범한 사람을 새 시대의 창조적 초인으로 재탄생시키는 신비한 비결입니다. 이 시집을 읽는 순간 자연스럽게 창조적 초인이 되는 길이 열립니다.

- 언어와 문자는 초과학·초정신 문명의 답을 가지고 있습니다.

언어와 문자의 창조 원리는 과학과 정신입니다. 과학과 정신의 융합입니다. 소리와 그림의 근본을 찾아가면 과학과 정신의 근원인 진리와 만나게 됩니다. 진리는 나의 빛! 초과학·초정신 문명 시대의 초인들 또한 이 궁극적 질문의 답을 구해야 합니다.

- 결국 진리와 평화 그리고 사랑입니다.

초과학·초정신 문명의 답 또한 진리 평화 사랑입니다. 그래야만 대동大同의 평화 세상이 열리는 까닭입니다. 세기말의 평범한 대학생 이태백은 그러한 세상을 꿈꾸고 노래합니다. 자, 여러분은 어떠신가요? 저는 평범한 이 리더에게 소중한 한 표를 던지겠습니다.

현시대를 살아가는
새 시대의 리더들 그리고 남녀노소 누구나
시 쓰고, 춤추고, 노래하고, 사랑합시다.

감사합니다.